句集

月に結句を盗まれて

福原悠貴
Yuki Fukuhara

文學の森

句集　月に結句を盗まれて／目次

写真　松原　健
装丁　間村俊一

句集　月に結句を盗まれて

月に結句を盗まれて

糸瓜忌や月に結句を盗まれて

駆け抜ける聖火阪神震災忌

海見ゆる坂をのぼれば菜の花忌

八月十二日、小説家・中上健次の忌日

雨の来る新宿にをり健次の忌

古代の声

花の駅また逢ふために握手して

花遍路こころのこゑを地図として

くすくすと天狗来てゐる花の山

太陽にあいさつにゆく初つばめ

今も降る八月六日の黒い雨
向日葵やせつなきまでの空と海

こんな日はたましひに風入れてやる

缶ビール絶叫してる右手かな

夏の灯やケロイドのあるマリア像

ばた足の金魚が夜を泳ぎ切る

八月十五日雨のち曇りそして晴

不知火《しらぬい》やたましひだけは難破せず

大いなる月よ船出のときと知れ

子を捨てて途方にくるる秋の蝶

すすきの穂見つけてここは六本木

赤のまま海辺の郵便配達夫

十六夜や柔らかき子を膝に抱き

須《す》佐《さ》之《の》男《お》の国の足湯や虫の闇

鰯雲鳴らぬ口笛吹いてみる

大いなるジャガイモカレー出来上がる

源《げん》義《ぎ》忌や古代の声に呼ばれたる

ぴかぴかに靴を磨けば竜馬の忌

にんげんの女がのぞく初鏡

一月が処女のごとくに坐してゐる

終戦記念の日

生きることすなはち詩《うた》や天高し

国文学者・歌人・詩人の折口信夫の忌日

ふと闇に目覚め水飲む迢空忌

十六夜や私と踊ってくれますか

月光やぬらぬら光るものがある

生きてなほ旅の途中や吾亦紅

実柘榴《みざくろ》やソロモン王が駆けてゐた

人間にいまだ尾のあり火の恋し

木の実降る銀河の果てに眠り落つ

夕月の銭湯に行く一葉忌

青山のジャズバーにゐて冬満月

餅を焼く漢《おとこ》は海を抱へをり

立春の大きな卵割つてをり

二ン月の空に丸描くただそれだけ

酒を売る店に灯の入る木の芽和

抱きしめる手を持つてゐるチューリップ

竜天に登る太陽に足かけて

「獄を出て花の吉野をこころざす　春樹」

花を手に西行となる師がゐたり

白魚や灯の揺らぎだす隅田川

菜の花や昼月だれも見てをらず

そら色のパジャマで過ごす復活祭

春愁ひ絵皿に載せるもの一つ

遺されし蔵書の山や麦の秋

卯波立つ夜はたつぷりとカレー煮る

青い夜も赤い夜もあり灯取虫

大夕焼この大皿に載せなくちや

ふるさとにゐてふるさとの遠き夏

ひんやりときうりパックの土曜日よ
灰皿に夏の懈《け》怠《たい》がうずくまる

妻の座は遠き日となり晩夏光

ワルツからタンゴに変はり月涼し

祭の灯ぬけてこの世の駅に着く
ナガレユク蟻ヲミテヰル目目目

八月九日、俳人・角川照子の忌日

昴《すばる》忌や夜明けの水を飲み干して

甘いガム噛んで終戦記念の日

日本が生きねばならぬ中にゐる

海の日

秋光や赤いソファが売られゆく

歩く歩く秋の雨がきれい

新蕎麦や山の向かうは晴れですか

掟あるこの世でありし鵙《もず》の贄《にえ》

わたくしの血は青インク詩を書かう

海晴れて蜻蛉が地図を覗き込む

十六夜やぽつりと赤い橋がある

もういいかいおもちゃの言葉は箱の中

黄落やいのちの地図の明るくて

ゆく秋や葉巻しづかに香りだす

十一月ラジオで絵本読んでゐる

風花や詩と志の器しづかなり

生と死や冬の花火を遠く見て

言霊が冬の花火となりにけり

人参を齧《かじ》つて今日が晴れてゐる
風花や黒い電話が鳴りやまず

遠き日の雲を見てゐる十二月

ゆく年や今たましひは地球いろ

夕焼けのポケットにある独楽《こま》と僕

吉野から大和に歩く建国日

人間がひびわれてゐる二月尽

ぶらんこや恋の流刑地があつた

孤独にも飽きて月夜のしやぼん玉

日曜のとある惑星に蠅生まる

紫陽花や今日も出島に雨が降る

恐るべき子供たちこそ明易し

万緑や脳をクラゲが横切つた

テキーラと孤独の太陽とダリア

香水をしのばせてゐる水曜日

サボテンに水の匂ひの夜が来る

海の日のピザのかまどがよく燃える

海の日の子宮の海に誰もゐず

スコールや白い欲情もてあます

逝く夏や海に持ち出すジンライム

詩の海峡

ルンルンを買っても独り青胡桃

日も月も水底にあり洗ひ鯉

翼あるキリストに逢ふ星月夜

秋蝶や詩の海峡を越ゆるべし

「走る走る走るラクビーの男　秋山巳之流」

ラクビーや果てて大地を枕とす

ラガー等やいのちの火花散らしけり

鎖骨冷たし十二番目のカレンダー

年忘れ五十歳の部品が軋《きし》みだす

一日《ついたち》の夕映えに置くトウシューズ
美しき手が大輪の雪降らす

着膨れてスーパーにゆく孤独な日

早春の鍵穴から夜がするするする

水取りや紅蓮《ぐれん》の夜となりにけり

黄水仙スペイン坂に灯がともる

蕗《ふき》の花紙飛行機が不時着す

三月の風の裂け目が光りだす

風船や詩の風景に飛ばさうか

花の日や彼方で呼ぶのは誰ですか

「戒名は真砂女でよろし紫木蓮《しもくれん》　真砂女」

紫木蓮あれば真砂女の日なりけり

血を流す歳月もあり花は葉に

青い風オープンカーに乗せてゆく
朝焼けや僕らの空を泳がうぜ

さくらんぼ家族の時間て何だらう
信号の赤が溶けだす梅雨の夜

真っ赤な衝撃それこそダリア
ダリア咲く赤い聖書の残る家

向日葵や太陽いくつ買ひ占める

舟虫や群れて哀しき目を持てり

月光のサーフィンボードが歌ひだす
晩夏かな豆腐の水が溢れをり

移りゆくもの美しく今日の秋

九月かなコーヒー熱く淹《い》れ直す

孤独とは秋《しゅう》色《しょく》の水飲むごとし
くるくると男が夜を巻き上げる

夕映えの遍路が酢《す》橘《だち》を滴らす

喜雨の夜

国文学者・國學院大學教授、青木周平氏を偲び

光る日は草の実が飛ぶきつと飛ぶ

地球には人間といふ駅がある

倦《けん》怠《たい》がまだドアにある月曜日
月光が詩を吐き出せば鯔《ぼら》飛べり

地図にない海でイルカが跳ねてゐた

狐罠をんなの中の昼と夜

カクテルが濡らす緋色の革手袋

一月一日光と影の扉《と》が二つ

煮大根この倖せをいただきます

猟犬や真つ赤な風となりにけり

風花や小さな丘の白い家

人の日やひかりの漏れる冷蔵庫

初春や帝国ホテルのティーカップ

きらきらと女が泣いて牡丹雪

三月の水平線が孕《はら》みけり

花粉症まつ赤なノイズの夜がある

つばめ来る倖せを売る帽子屋に

にんげんの顔した犬が花粉症

草餅や今日はいつでも新しい

花の午後チェロの音色に吹雪きけり

青空のまま暮れ憲法記念の日

寺山忌トランペットを吹く少女

喜雨の夜やジャズのピアノが炸裂《さくれつ》す

箱庭の山河まぶしき日なりけり

モヒート手に青い日暮れの椅子にゐる

夏足袋を脱いで月光こぼしけり

ヒロシマは、原爆忌・広島忌と同じ意

ヒロシマや影が歩きたがつてゐる

風鈴を指で鳴らして昴《すばる》の忌

流灯会見知らぬいのちが続きけり

この秋は東京遍路となりにけり

流星やプラグを入れる場所がない

ぬけがらの夜に秋風立ちにけり

葉《は》生《しょう》姜《が》や人は何かを殺《あや》めけり

ひょんの実や青空一つこぼれだす

それぞれの昼をひきずる夜学かな

借り物のいのち

ある夜の星河を泳ぎ戻りけり

疾風の夜が明けゆく竜馬の忌

湯豆腐や銀座の路地に灯がともる

星屑をつけて凍豆腐《しみどうふ》売られけり

星空に転がしてゐる冬林檎

哀しみの獣が聖樹にうずくまる

凍てるほど輝くものを見てゐたり
凍鶴や愛の流刑地はどこですか

紙《かみ》漉《すき》や山河を揺らす水明かり

ジャズの夜や雪の匂ひの置き手紙

雪《ゆき》代《しろ》や山椒味噌の焦げてをり

浅春やほろりと甘い塩の味

ヒヤシンス鍵盤に置く海の音
コバルトブルーになりたい二月の雨

日を月を紡いでをりぬ雲に鳥
よき人がよしと言ひたる花の山

奈良・吉野山

浅蜊めし海より暮れてきたるらし

春筍《しゅんじゅん》や日暮れの水に灯がともる

海鳴りの昏さもやがて朝焼けす
南風こころ透くまで泣きにけり

借り物のいのちと茅の輪くぐりけり

あてのない午後が広がりシャワー浴ぶ

レコードの針を晩夏に載せてやる

遠雷や夜を駆け来るもののこゑ

海霧やデッキシューズにジャズが降る

水色の残暑の夜となりにけり

八月十六日、エルヴィス・プレスリーの忌日

エルヴィス忌一番列車のベルが鳴る

「除夜の妻白鳥のごと湯浴みをり　澄雄」

月光の湯浴みの窓や白鳥忌

風の日は風となりゆく雁のころ

寂《さ》びながら吉野の鮎《あゆ》は走りけり

葛切

旅にゐて雨の泊まりや紅葉鮒

夕映えに担《かつ》がれゆくや菊人形

鶴来るや大地の風が吹きわたる

港区に赤い冬日を描き足す

十二月八日、歌手ジョン・レノンの忌日

純白の楽譜が置かれイマジン忌

レノン忌や銃声となる風の音

降り積もる夜がありけりレノンの忌

凍港や裏窓に灯のあふれだす

冬萌や窓いつぱいに海が寄る

さらさらと日の流れゆく寒《かん》晒《ざらし》

りんりんと春のこゑあり西行忌

もののふのいのち明かりに花と月

火を焚いて日を紡ぎゆく西行忌

みづうみに夜辺のあかりや初《はつ》諸《もろ》子《こ》

蛇穴を出て気ままなる屈折率

さへづりやパンの袋に地図がある

平成二十三年三月十一日、東日本大震災

地球儀の日本が悲鳴を上げてゐる

はこべらや光ある詩を欲しけり

春疾風《はやて》マリアの膝にある絵本

朝桜いのりのごとく咲きにけり

母の灯を遠く置きたる花菜漬

春の声どのクレパスで描かうか

修司忌や祖国を照らす詩のちから

土曜日の午後のシャワーが海鳴りす

笹添へて美しかりし水羊羹《ようかん》

葛切や幽《かす》かに透ける日の名残

ぽつねんと鬱が置かれて明易し

海を向くグラス一つにある晩夏

茄子《なす》色の夕べとなりし昴《すばる》の忌

銀河よりプールに落とす時間軸

灯を寄せて詩の海峡に親しめり

九月二十一日、歌人・辺見じゅんの忌日

あちらにも花の灯がありタ鶴忌

夕鶴や花のごとくに逝きにけり

十六夜の月の翼が濡れてをり

源《げん》義《ぎ》忌の日暮れの色の蕎麦湯かな

浪花うどん

曼荼羅《まんだら》に星河の声が満ちてをり

風のなか歩いて波郷の日なりけり

手かがみに虎落笛《もがりぶえ》を飼つてゐる

螺子《ねじ》巻けばオルゴールから冬が来る

蛸《たこ》に塩すり込み義士の日なりけり

夜が来て聖菓の家を点しけり

冬銀河にんげんにある怒濤音

ゆく年のサーファー空を蹴つてゐる

朗々と夜明けの薺《なずな》打ちにけり

子を産まぬ淋しき手なり粥柱

流れゆく月日を抱くや浮寝鳥

碧《へき》梧《ご》桐《とう》忌たましひに赤い花白い花

夕映えの路面電車や寒明忌

冬の噴水こころの色に飢ゑてをり

地平より帆の次々と菜の花忌

黄水仙光の輪より生まれくる

円位忌や月光ふぶくばかりなり

きさらぎや二十九番目の空を描く

くれなゐの朧のこゑを聴かんとす

東日本大震災より一年

タンポポの黄が悲しみを食べつくす

花菜漬今日のいのちに手を合はす

瀬戸晴れて鰆《さわら》月夜となりにけり

謎多きクレオパトラや猫の恋

若草やバージンロードの若き父

裏《うら》店《だな》の水に日のさす荷風の忌

荷風忌や灯ともし頃の洋食屋

再会の駅がありけり薔薇の雨

アイスティー海に向きたる窓ひとつ

百年の孤独に百の黴《かび》のころ

生きるべく箸を動かす半夏生

海色の午後がありけり枇《び》杷《わ》啜る

捕虫網するりと昭和が逃げてゆく

蟬しぐれ探偵事務所に鳴る電話

星まつり天より楽《がく》の降りしきる

処暑の灯や祇園木屋町先斗町

鳩笛や風に番地のなかりけり

芋虫や独りの時間を醸《かも》しけり

秋淋し浪花にうどんの湯気が立つ

キャデラック

星の降る幸福駅にランプの灯

火を焚いて殖《ふ》ゆる夜があり神の旅

イヴの夜の絵本を飛び出るキャデラック

鳥交《さか》る天のまほらにゐるごとし

名画座やエンドロールに花の雨

ゆく春やシャンパングラスに光る海

メーデーや修道院にしづかな灯

妹の病室に置く五番目の満月

巴里祭や翼の生えるトウシューズ
詩は薔薇の香りを放つ永遠《とわ》の駅

海の日やバックミラーにある慕情

触れられぬ母のこころや遠花火

「流燈の咲きつぐ沖に父ながす　春樹」

天までも咲き継ぐいのち流灯会

鰯ぐも今日のいのちの在りどころ

十月のサーファー孤独な鳥である

小鳥来る海岸通りのカフェテラス

足二本

天高しいのちの流離果てもなし

深吉野《みよしの》の水を継ぎ足す葛湯かな

アマンドの明るい窓に冬の雨
太陽や今日のいのちが明けてゆく

鳥の巣を母ともなれず眺めけり

卒業や今日を乗り継ぐ駅にゐる

花あればこの世を生きる足二本

「花冷えの田より抜きたる足二本　本宮哲郎」

万太郎忌ト書きにひしめく人のこゑ

白南風や真昼のジャズの停泊船

「水打つてそれより女将の貌となる　真砂女」

打ち水や銀座の路地に真砂女の灯

キリンの空

螢籠いのちはひとりで生きられず

秋の燈や時計を止めたる喫茶店

小鳥来る砂場に砂のパンケーキ

秋晴れのいのちは今日の空のいろ

暖炉燃ゆ薔薇の香のするワインの夜

歳月に火を焚く日々や根深汁

山茶花や赤い自転車のある砂場

湯豆腐や手酌の夜の雨のころ

数へ日や救命センターの眠らぬ灯

遠き日の絵《え》踏《ぶみ》の窓に日が差せり

バレンタインデー校正の手を洗ひをり

今日の空ながれて今日を卒業す

春愁のキリンが空を食《は》んでゐる

遠足やジャムたつぷりのコッペパン

父の日の万年筆から父のこゑ

父の日や留守の書斎が暮れてゆく

銀漢やいのちかたどるもののこゑ

跋文――いのちとかたち――

角川春樹

福原悠貴の処女句集『月に結句を盗まれて』は、平成九年発刊の角川春樹編『現代俳句歳時記』に収録された四句の内の、次の一句からなる。

糸瓜忌や月に結句を盗まれて　福原悠貴

俳句歳時記の例句を上げると、

糸瓜忌や俳諧帰するところあり　村上鬼城
叱られし思ひ出もある子規忌かな　高浜虚子

枝豆がしんから青い獺《だつ》祭《さい》忌　阿部みどり女

鶏頭の赤きこころを子規忌かな　吉田冬葉

同病の集《よ》りてわらへる子規忌かな　石田波郷

子規忌より彼岸の入りとなりにけり　秋山巳之流

子規の忌のその夜の雨のむかご飯　角川春樹

があり、阿部みどり女の「獺祭忌」が代表句となっているが、問題にならない。福原悠貴の「糸瓜忌」が一番面白い。「結句」とは、詩歌の結びの句のこと。福原悠貴の句集『月に結句を盗まれて』の跋文に「いのちとかたち」と題したのは、福原悠貴の「糸瓜忌」の一句を眺めている内に閃《ひらめ》いた。また、平成二十七年「河」九月号に掲載されている、句集の掉尾の次の一句からも起因している。

銀漢やいのちかたどるもののこゑ　福原悠貴

私の恩師である山本健吉先生に、日本人の自然観・芸術観・死生観などを総合的に考察した『いのちとかたち』と題する名著があるが、昭和六十年四月一日発行の「アサヒグラフ」に、山本健吉先生の次の発言が掲載されている。

《俳句を方法論、あるいは存在論として捕《とら》えようとする気持ちが強かったが、近頃は、それを生命論として捕えようとする気持ちが強くなった。その結果、〝軽み〟とか〝即興〟とかいった方面に心が傾くのである。

あえていえば、この小さな十七音詩型を不死身たらしめているその根本のもの、その生命の灯の謎は、一体、どこにあるのか、ということだ。》（略）

福原悠貴の句集『月に結句を盗まれて』の批評をひとことで表現するとすれば、山本健吉先生の言うところの「生命論」としての一行詩集、と結論づけられるであろう。

それでは福原悠貴が「魂の一行詩」とどう向き合っているのか、句集の中から抜粋してみると、

風花や詩と志の器しづかなり

生きることとすなはち詩《うた》や天高し

秋蝶や詩の海峡を越ゆるべし

がある。あえていえば、福原悠貴にとっての「俳句」とは、おのれの「いのち」と「たましい」を入れる器なのであろう。この度の句集には、数多くの「いのち」をモチーフにした作品がある。例を上げると、

黄落やいのちの地図の明るくて

借り物のいのちと茅の輪くぐりけり

銀漢やいのちかたどるもののこゑ

がある。私が俳誌「河」の主宰者として投句された全作品の選句と批評を開始して十年の歳月が経過した。その十年間で福原悠貴の作品といえば、まっ先に思い浮かぶのは、次の二句である。

甘いガム噛んで終戦記念の日

海の日のピザのかまどがよく燃える

両句とも、俳句歳時記の例句を凌ぐ作品だが、特に「海の日」の一句は、詠み手と読み手が倖せになる秀句である。続いて平成二十五年「河」二月号に、福原悠貴の次の句と私の批評が掲載されている。

イヴの夜の絵本を飛び出るキャデラック　福原悠貴

《「月の窓」と題する同時作に、

月の窓きのふの椅子に今日の椅子

火を焚いて殖《ふ》ゆる夜があり神の旅

があり、「神の旅」の一句が面白い。だが断然、「イヴの夜」の句が良い。「イヴの夜」に対する「絵本を飛び出るキャデラック」の措辞が愉《たの》しい。私が子供の頃に、両親からクリスマス・プレゼントとして贈られたのも「飛び出す絵本」だった。ページを開《ひら》くと建物や人間が浮き出してくる絵本である。

この句は、昨年の十二月二日の「及川ひろしさんを偲ぶ会」に先立って行われた、東京中央支部の句会の投句である。それ故に、及川ひろしの次の一句を踏まえた作品。

エルヴィス忌沖ゆくピンクのキャデラック　　及川ひろし

当然、福原悠貴の句に登場するキャデラックはピンク。私は当日、「倖せを売る浜松の帽子店」の詞書《ことばがき》で、次の一句を投句した。

師走くる帽子にピンを刺しながら　　角川春樹

私の右の句は、読み手に倖せな気分になって欲しいと願いを込めた作品。そして福原悠貴の句も、読み手の倖せを願って作句された。作品の動機は全く同じである。私は昨年の「河」十一月号の作品抄批評で、浜松の帽子店を経営する市川悦子の、次の一句に癒されたと書いた。

昏れかかる街は九月の雨のなか　　市川悦子

福原悠貴の「イヴの夜」の句も、読み手を癒す力を持った作品。》
福原悠貴の「イヴの夜」に触発された私は、辺見じゅんへの追悼句集『夕鶴忌』に、次の「あとがき」を書くことになった。
《芭蕉が終生の課題とした「軽み」とは、日常性の中に詩を求め、日常の言語（口語、俗語を含む）をもって表現する手法であり、道であるが、詠み手と読み手が倖せになる作品も、現代の「軽み」ではないかと近頃では考えるようになった。何故なら、人を倖せにする作品とは、作者の生き方そのものであり、作者の身近かな日常の中に詩を紡ぎ出す行為であるからだ。》（略）
詠み手と読み手が倖せになる「軽み」の作品には、必ずその裏側に寂寥という「重くれ」がある。そして、詩の根底にはまさしく寂寥感が存在する。西行も芭蕉も人間の根源的な淋しさの中から詩を紡ぎ出して来た。平成二十七年「河」三月号に、福原悠貴の次の代表句が掲載されている。

湯豆腐や手酌の夜の雨のこゑ　　福原悠貴

河作品抄批評に、私は次の一文を書いた。

《今月号の「河」全作品の中で、最も感銘を受けた秀吟。「湯豆腐」といえば、誰もが久保田万太郎の次の代表句を思い浮かべるだろう。

湯豆腐やいのちのはてのうすあかり　久保田万太郎

詩は寂寥の中から生まれてくると、今まで何度も述べてきたが、福原悠貴の「湯豆腐」の句は、その実例と言ってよい。中七下五の「手酌の夜の雨のこゑ」の措辞が何とも切ない。切実な作品を作らなくて、何のための俳句なのか。万太郎の「湯豆腐」を継ぐ、まさに「いのちの詩《うた》」。》

句集『月に結句を盗まれて』を眺めた全体的な印象は、言葉に手垢がついていない、ということだ。例を上げると、

朝焼けや僕らの空を泳がうぜ
バレンタインデー校正の手を洗ひをり

である。俳句を長く続けていると、どうしても俳句的な手法や表現に手垢がついてくる。山本健吉先生は、俳句を「生命論」として捕え、具体的な実例

として「軽み」と「即興」を上げたが、私は「即興」こそ俳句の「いのち」だと思っている。

平成二十七年「河」七月号に、福原悠貴の次の一句が掲載されている。

　　春愁のキリンが空を食《は》んでゐる　　福原悠貴

右の句について河作品抄批評に、私は次の短い一文を載せた。

《文句なくの秀吟。四月の上野界隈の吟行句だが、嘱目吟《しょくもくぎん》のお手本として見事！　例句を一句だけ上げると、

　　春愁の渡れば長き葛西橋　　結城昌治

の代表句があるが、それに匹敵する作品と言ってよい。》

「春愁」の一句が福原悠貴の即興から生まれたことは、句会の席上で承知していたが、平成十九年「河」一月号に、第一回角川源義賞を受賞した作品群に次の一句があることを私は見落としていた。句集『月に結句を盗まれて』の中でも、手垢のついていない、異色の即興句として、私は感銘を受けた。

歩く歩く秋の雨がきれい　福原悠貴

「地図にない海」と題する福原悠貴論を、松下千代が平成十九年「河」十月号に書いているので一部引用する。

《倒置法がよく生かされている。秋の雨がきれい、だからどこまでも歩き続けたいとの思いを解すると作者の姿が雨の中から浮かび上がる。「歩く歩く」というリフレインが秋の雨の中を歩く気持ちのありさまを物語っている。》

あとがきにかえて――喜びの光をあなたに――

「魂の一行詩」は、「河」の主宰である角川春樹氏の壮大な試みです。未熟な私にはそんな卓越した全容を知ることはできませんが、詩歌の世界に、新しいいのちが吹きこまれるだろうということだけは感じます。時間も空間も全てを含め、悠久の中の瞬きのような人間の在り方――。愛も恋も出会いも別離も再会も、生死も歓喜も、病気も苦悩も天災も、思想も政治も、大いなる自然も旅も、ありとあらゆるその一瞬一瞬を表現するのが「魂の一行詩」です。この十七文字のわずか一行の詩歌である「魂の器」が私の宝物です。それを教えてくれたのが角川春樹氏です。恩師との出会いこそが、私の本当の宝物に違いありません。

これまでの出会いの世界が、わたし自身のためだけでなく、何かこの世のためになり、さらには宇宙さえ遊べるこの美しい一行の詩歌の世界が楽しいものだと、誰かの目にとまってくれたなら、どんなに幸せかと思います。

すべては大きなものに包まれながら移ろうものであり、何が残り、何が磨かれてゆくのかは、誰にも分かりません。人も自然も、銀河さえ移ろいの中で輝いていています。移ろいさえも愛の形なのかもしれません。その瞬きの中に存在することを、心から笑って楽しめたらと思うのです。光と影に満ちた人生の、そこで見つけた喜びの一瞬の輝きの一つ一つが、やがてすべての世界を変えるほど、どこまでも繋がっていくことを信じて……。

これまで出会ってくださった大切なあなたに、心からの感謝とありがとうを捧げます。

いま、私の新しい旅が始まります。

この瞬間、出会えた素敵なあなたに、心からの感謝をしています。

最後に、出版に寄り添って頂いた頼もしい皆さまに深い感謝を申し上げます。角川春樹先生はじめ、装丁家の間村俊一氏、「文學の森」の皆様、日本一行詩協会の鎌田俊氏、本当にありがとうございました。

風と青空がきらめき、美しい夜空の広がりを待つ午後に――

福原悠貴

〈著者略歴〉

福原悠貴（ふくはら・ゆき）

1954年／昭和29年　徳島県生まれ
1992年／平成４年　「河」入会
2006年／平成18年　角川春樹賞受賞
2007年／平成19年　角川源義賞受賞
現在、「河」同人、俳人協会会員

現住所　〒770-0802
徳島県徳島市吉野本町5-51

句集

月《つき》に結句《けっく》を盗《ぬす》まれて

河叢書第286篇
発　行　平成二十八年二月四日
著　者　福原悠貴
発行者　大山基利
発行所　株式会社　文學の森
〒一六九-〇〇七五
東京都新宿区高田馬場二-一-二　田島ビル八階
tel 03-5292-9188　fax 03-5292-9199
e-mail mori@bungak.com
ホームページ http://www.bungak.com
印刷・製本　竹田　登

ISBN978-4-86438-495-7　C0092